#1058

How Chile Came to New Mexico

by Rudolfo Anaya

Illustrations by Nicolás Otero
Translation byNasario García

How Chile
Came to New Mexico

Comó llegó el chile a Nuevo México

by Rudolfo Anaya

Illustrations by Nicolás Otero
Translation byNasario García

published by Rio Grande Books

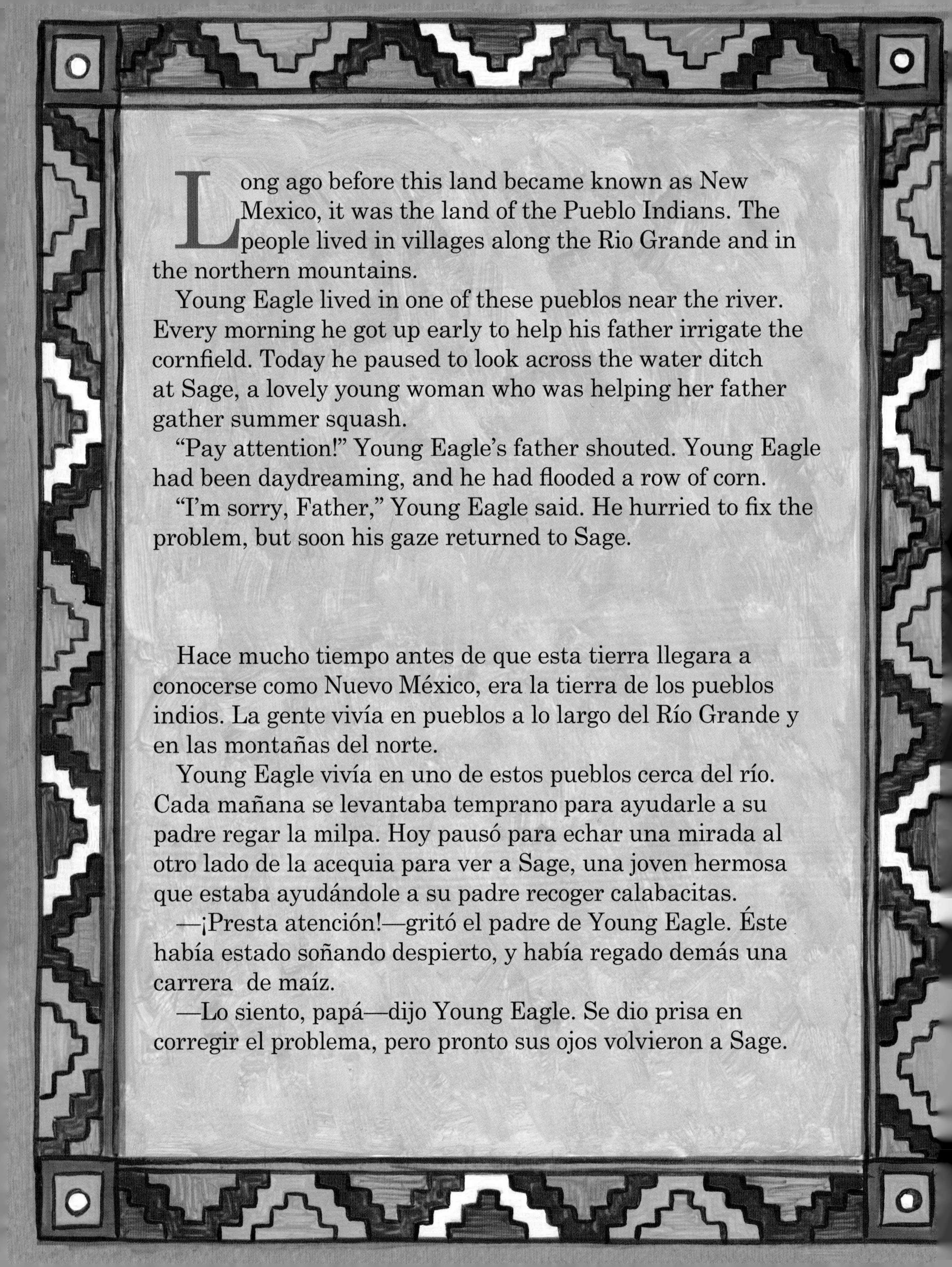

Long ago before this land became known as New Mexico, it was the land of the Pueblo Indians. The people lived in villages along the Rio Grande and in the northern mountains.

Young Eagle lived in one of these pueblos near the river. Every morning he got up early to help his father irrigate the cornfield. Today he paused to look across the water ditch at Sage, a lovely young woman who was helping her father gather summer squash.

"Pay attention!" Young Eagle's father shouted. Young Eagle had been daydreaming, and he had flooded a row of corn.

"I'm sorry, Father," Young Eagle said. He hurried to fix the problem, but soon his gaze returned to Sage.

Hace mucho tiempo antes de que esta tierra llegara a conocerse como Nuevo México, era la tierra de los pueblos indios. La gente vivía en pueblos a lo largo del Río Grande y en las montañas del norte.

Young Eagle vivía en uno de estos pueblos cerca del río. Cada mañana se levantaba temprano para ayudarle a su padre regar la milpa. Hoy pausó para echar una mirada al otro lado de la acequia para ver a Sage, una joven hermosa que estaba ayudándole a su padre recoger calabacitas.

—¡Presta atención!—gritó el padre de Young Eagle. Éste había estado soñando despierto, y había regado demás una carrera de maíz.

—Lo siento, papá—dijo Young Eagle. Se dio prisa en corregir el problema, pero pronto sus ojos volvieron a Sage.

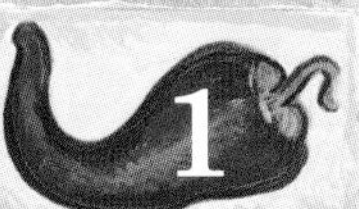

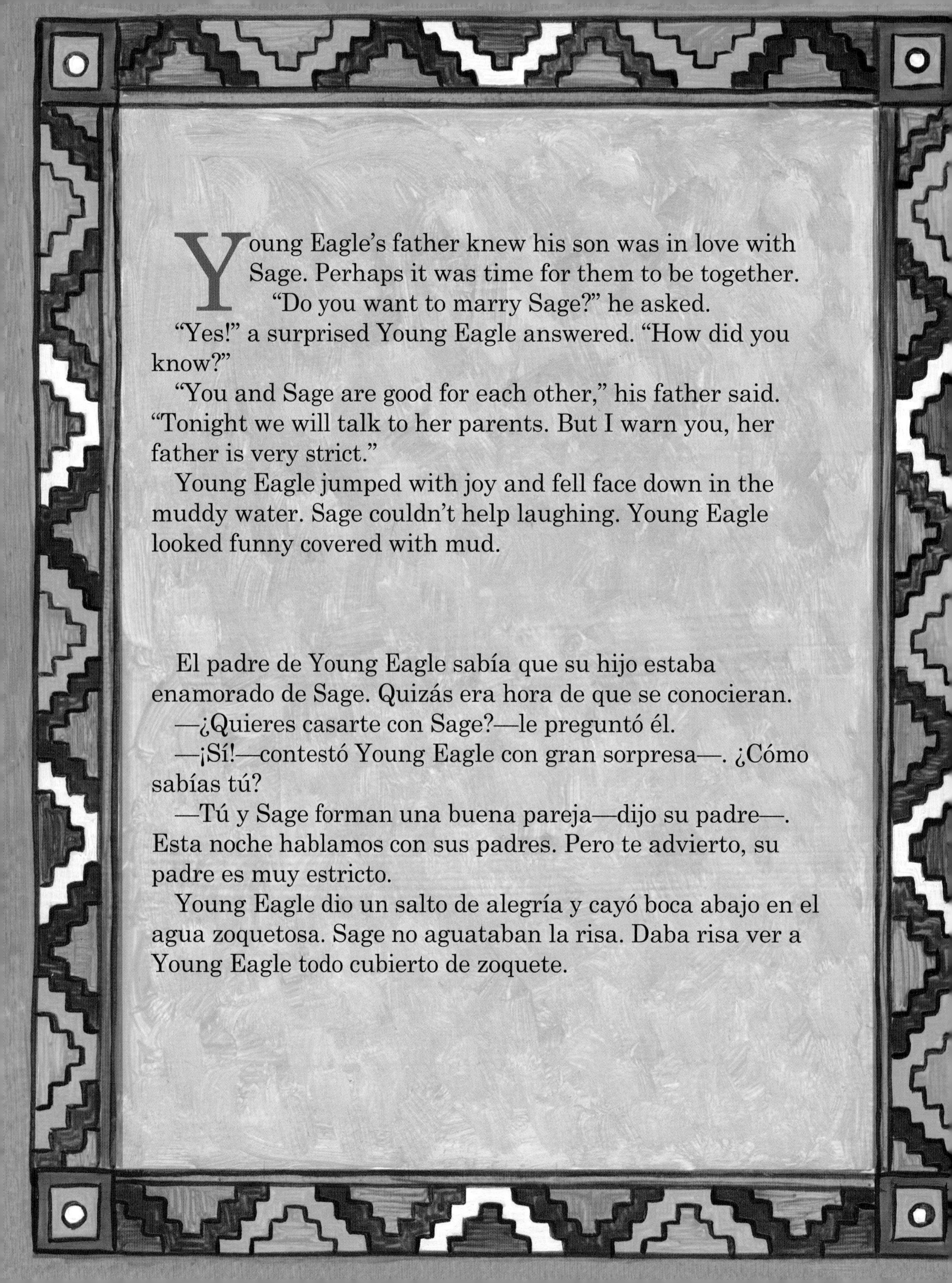

Young Eagle's father knew his son was in love with Sage. Perhaps it was time for them to be together.

"Do you want to marry Sage?" he asked.

"Yes!" a surprised Young Eagle answered. "How did you know?"

"You and Sage are good for each other," his father said. "Tonight we will talk to her parents. But I warn you, her father is very strict."

Young Eagle jumped with joy and fell face down in the muddy water. Sage couldn't help laughing. Young Eagle looked funny covered with mud.

El padre de Young Eagle sabía que su hijo estaba enamorado de Sage. Quizás era hora de que se conocieran.

—¿Quieres casarte con Sage?—le preguntó él.

—¡Sí!—contestó Young Eagle con gran sorpresa—. ¿Cómo sabías tú?

—Tú y Sage forman una buena pareja—dijo su padre—. Esta noche hablamos con sus padres. Pero te advierto, su padre es muy estricto.

Young Eagle dio un salto de alegría y cayó boca abajo en el agua zoquetosa. Sage no aguataban la risa. Daba risa ver a Young Eagle todo cubierto de zoquete.

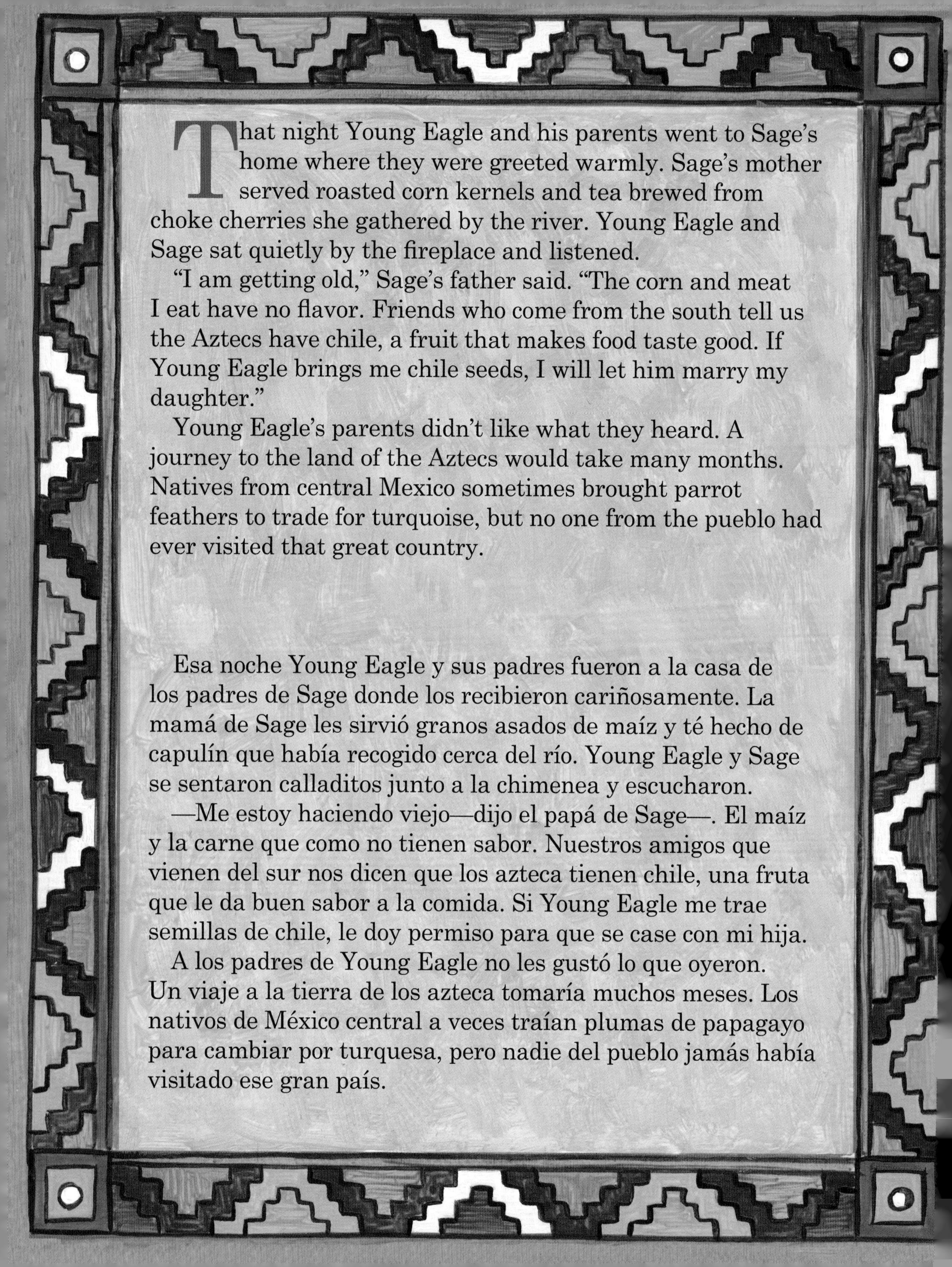

That night Young Eagle and his parents went to Sage's home where they were greeted warmly. Sage's mother served roasted corn kernels and tea brewed from choke cherries she gathered by the river. Young Eagle and Sage sat quietly by the fireplace and listened.

"I am getting old," Sage's father said. "The corn and meat I eat have no flavor. Friends who come from the south tell us the Aztecs have chile, a fruit that makes food taste good. If Young Eagle brings me chile seeds, I will let him marry my daughter."

Young Eagle's parents didn't like what they heard. A journey to the land of the Aztecs would take many months. Natives from central Mexico sometimes brought parrot feathers to trade for turquoise, but no one from the pueblo had ever visited that great country.

Esa noche Young Eagle y sus padres fueron a la casa de los padres de Sage donde los recibieron cariñosamente. La mamá de Sage les sirvió granos asados de maíz y té hecho de capulín que había recogido cerca del río. Young Eagle y Sage se sentaron calladitos junto a la chimenea y escucharon.

—Me estoy haciendo viejo—dijo el papá de Sage—. El maíz y la carne que como no tienen sabor. Nuestros amigos que vienen del sur nos dicen que los azteca tienen chile, una fruta que le da buen sabor a la comida. Si Young Eagle me trae semillas de chile, le doy permiso para que se case con mi hija.

A los padres de Young Eagle no les gustó lo que oyeron. Un viaje a la tierra de los azteca tomaría muchos meses. Los nativos de México central a veces traían plumas de papagayo para cambiar por turquesa, pero nadie del pueblo jamás había visitado ese gran país.

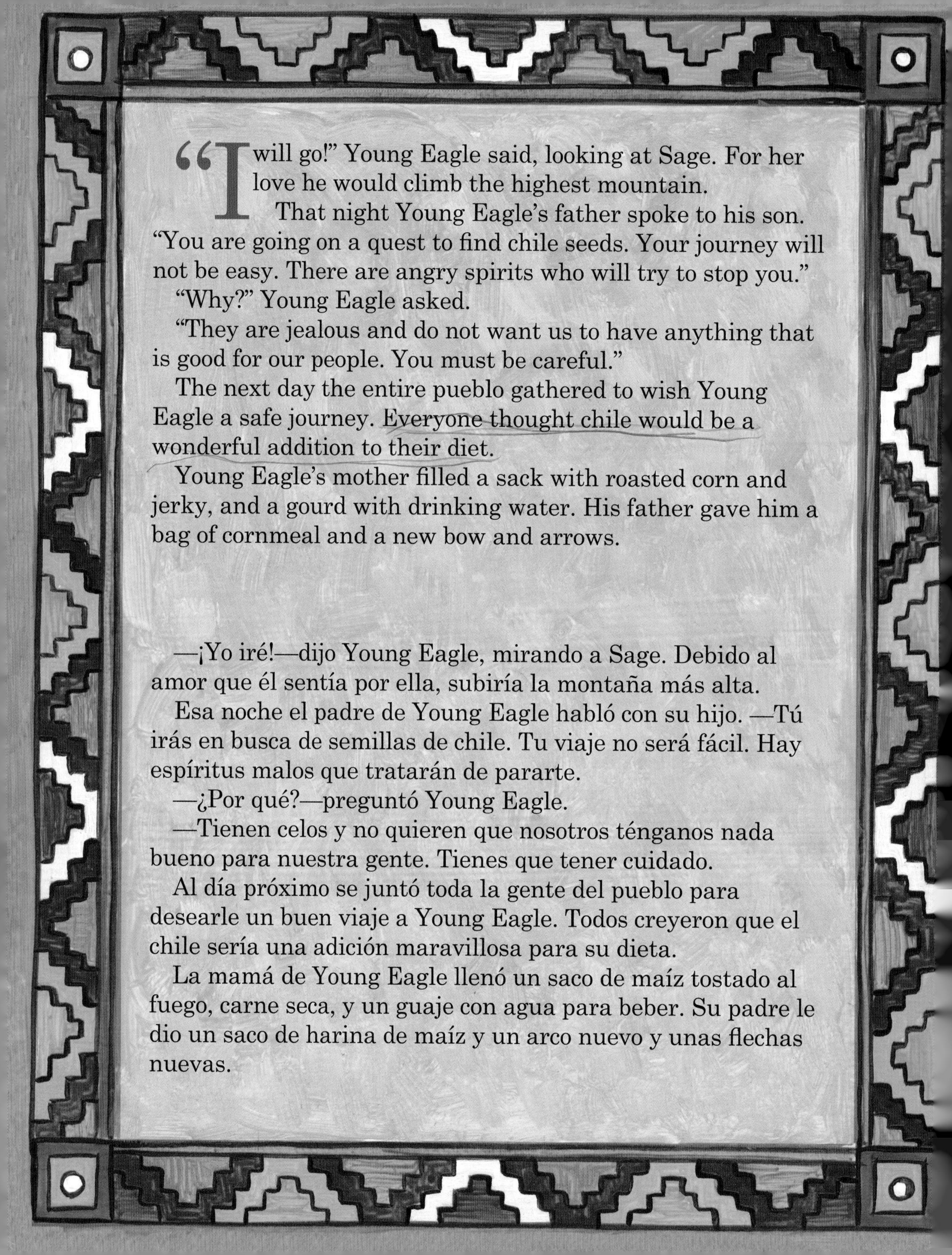

"I will go!" Young Eagle said, looking at Sage. For her love he would climb the highest mountain.

That night Young Eagle's father spoke to his son. "You are going on a quest to find chile seeds. Your journey will not be easy. There are angry spirits who will try to stop you."

"Why?" Young Eagle asked.

"They are jealous and do not want us to have anything that is good for our people. You must be careful."

The next day the entire pueblo gathered to wish Young Eagle a safe journey. Everyone thought chile would be a wonderful addition to their diet.

Young Eagle's mother filled a sack with roasted corn and jerky, and a gourd with drinking water. His father gave him a bag of cornmeal and a new bow and arrows.

—¡Yo iré!—dijo Young Eagle, mirando a Sage. Debido al amor que él sentía por ella, subiría la montaña más alta.

Esa noche el padre de Young Eagle habló con su hijo. —Tú irás en busca de semillas de chile. Tu viaje no será fácil. Hay espíritus malos que tratarán de pararte.

—¿Por qué?—preguntó Young Eagle.

—Tienen celos y no quieren que nosotros ténganos nada bueno para nuestra gente. Tienes que tener cuidado.

Al día próximo se juntó toda la gente del pueblo para desearle un buen viaje a Young Eagle. Todos creyeron que el chile sería una adición maravillosa para su dieta.

La mamá de Young Eagle llenó un saco de maíz tostado al fuego, carne seca, y un guaje con agua para beber. Su padre le dio un saco de harina de maíz y un arco nuevo y unas flechas nuevas.

Sage stepped forward and placed her turquoise necklace around Young Eagle's neck.

"This will keep you safe," she said and hugged him.

Young Eagle felt like flying. Now he knew he would accomplish his mission.

"I promise to wait for you," Sage said.

"I will return and marry you," Young Eagle promised. He waved goodbye to family and friends and started on his journey.

The elders shook their heads. They worried they would never see Young Eagle again. His friends were glad he was proving his love for Sage, but they, too, were concerned.

Sage dio un paso adelante y colocó su collar de turquesa en el cuello de Young Eagle.

—Éste te cuidará—dijo ella y lo abrazó.

A Young Eagle le dieron ganas de volar. Ahora sabía que cumpliría su misión.

—Prometo esperarte—le dijo Sage.

—Yo volveré y me casaré contigo—prometió Young Eagle. Él se despidió de su familia y de sus amigos y se puso de marcha en su viaje.

Los ancianos movieron la cabeza en desacuerdo. Les preocupaba que jamás volverían a ver a Young Eagle. Sus amigos estaban contentos que él daba pruebas de su amor por Sage, pero ellos también estaban preocupados.

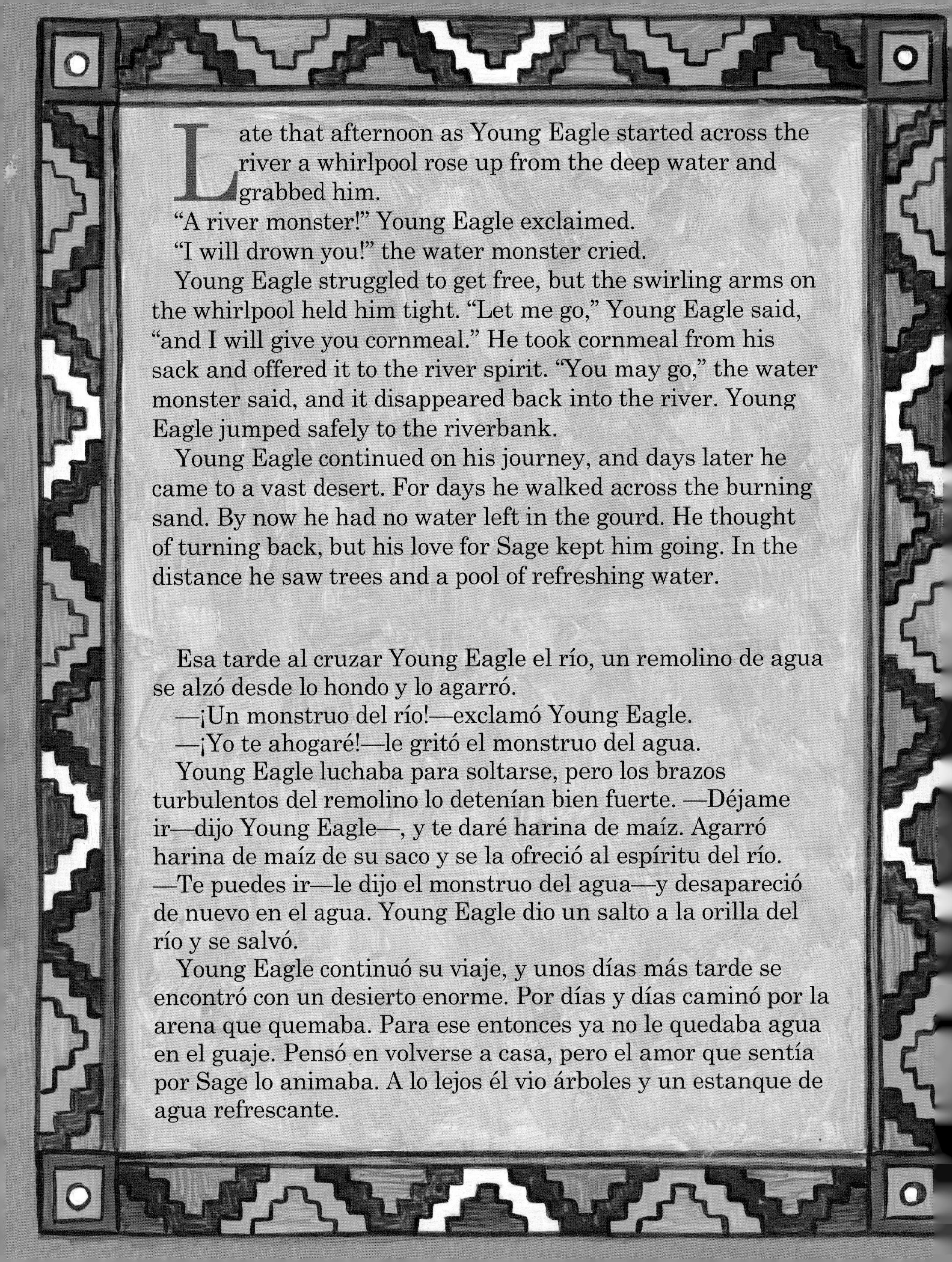

Late that afternoon as Young Eagle started across the river a whirlpool rose up from the deep water and grabbed him.

"A river monster!" Young Eagle exclaimed.

"I will drown you!" the water monster cried.

Young Eagle struggled to get free, but the swirling arms on the whirlpool held him tight. "Let me go," Young Eagle said, "and I will give you cornmeal." He took cornmeal from his sack and offered it to the river spirit. "You may go," the water monster said, and it disappeared back into the river. Young Eagle jumped safely to the riverbank.

Young Eagle continued on his journey, and days later he came to a vast desert. For days he walked across the burning sand. By now he had no water left in the gourd. He thought of turning back, but his love for Sage kept him going. In the distance he saw trees and a pool of refreshing water.

Esa tarde al cruzar Young Eagle el río, un remolino de agua se alzó desde lo hondo y lo agarró.

—¡Un monstruo del río!—exclamó Young Eagle.

—¡Yo te ahogaré!—le gritó el monstruo del agua.

Young Eagle luchaba para soltarse, pero los brazos turbulentos del remolino lo detenían bien fuerte. —Déjame ir—dijo Young Eagle—, y te daré harina de maíz. Agarró harina de maíz de su saco y se la ofreció al espíritu del río. —Te puedes ir—le dijo el monstruo del agua—y desapareció de nuevo en el agua. Young Eagle dio un salto a la orilla del río y se salvó.

Young Eagle continuó su viaje, y unos días más tarde se encontró con un desierto enorme. Por días y días caminó por la arena que quemaba. Para ese entonces ya no le quedaba agua en el guaje. Pensó en volverse a casa, pero el amor que sentía por Sage lo animaba. A lo lejos él vio árboles y un estanque de agua refrescante.

"Water!" he cried and ran to the oasis. He fell to his knees to drink, but got only a mouthful of sand.

"Foolish boy!" screeched a giant vulture on top of a tree. "I will not let you pass!" The evil bird flapped its wings and flew down to attack.

Young Eagle threw corn on the ground. When the vulture stopped to gather the kernels, Young Eagle placed an arrow to the bow and shot the bird.

The wounded vulture fell to the ground and disappeared in a puff of smoke. The trees and water also disappeared. The oasis was a mirage the jealous spirits had placed there to keep Young Eagle from his goal.

—¡Agua!—gritó él y corrió hacia el oasis. Se tiró de rodillas para beber, pero sólo se llenó la boca de arena.

—¡Muchacho tonto!—chilló un zopilote grandote arriba de un árbol—. ¡No te dejaré pasar! El malvado pájaro batió las alas y voló para atacarlo.

Young Eagle arrojó maíz en la tierra. Cuando el zopilote se detuvo para recoger los granos de maíz, Young Eagle colocó una flecha en el arco y disparó contra el zopilote.

El zopilote cayó herido en la tierra y desapareció como en un soplo de humo. Los árboles y el agua también desaparecieron. El oasis no era nada más que un espejismo que los espíritus celosos habían puesto allí para que Young Eagle no cumpliera su misión.

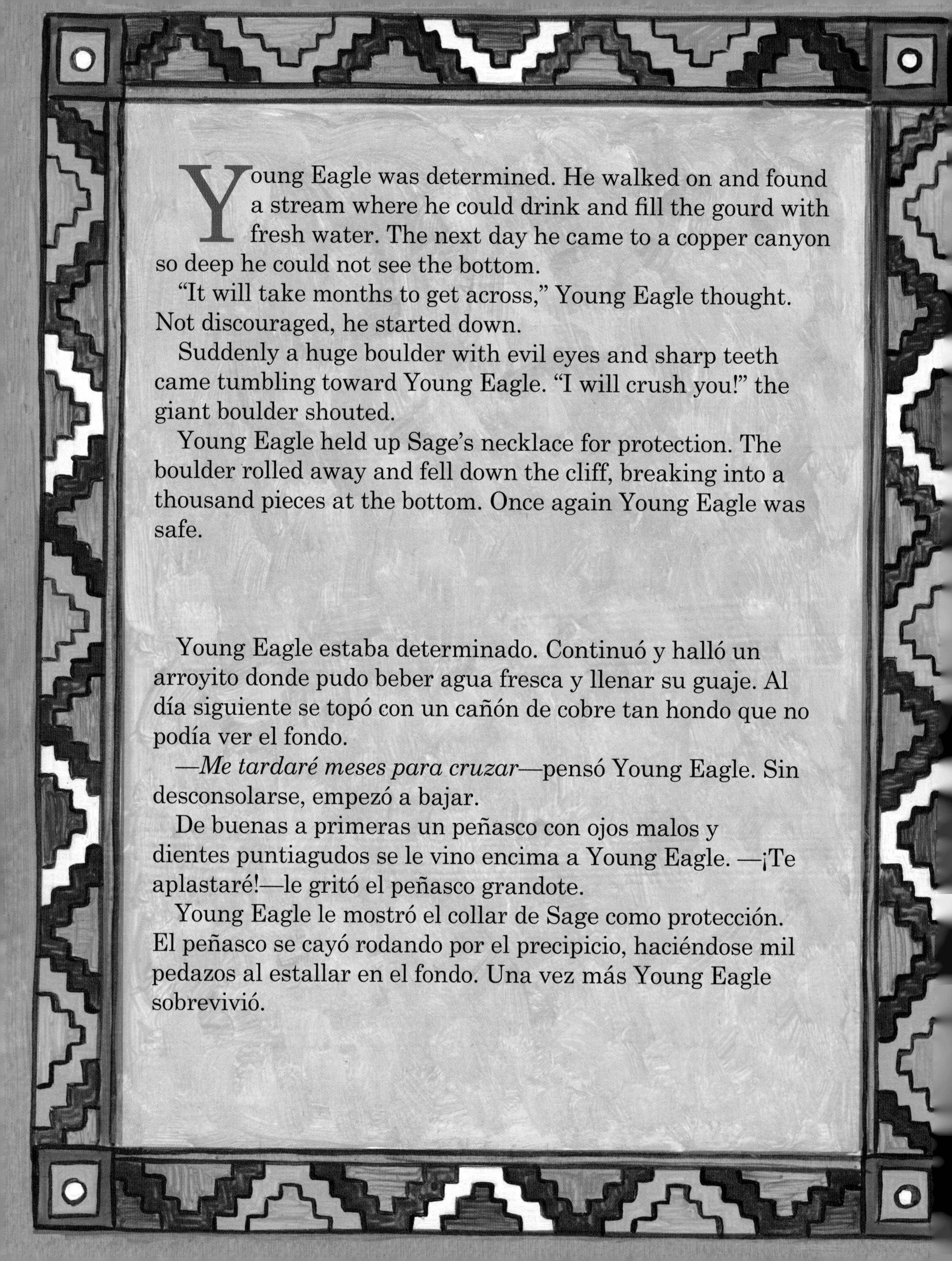

Young Eagle was determined. He walked on and found a stream where he could drink and fill the gourd with fresh water. The next day he came to a copper canyon so deep he could not see the bottom.

"It will take months to get across," Young Eagle thought. Not discouraged, he started down.

Suddenly a huge boulder with evil eyes and sharp teeth came tumbling toward Young Eagle. "I will crush you!" the giant boulder shouted.

Young Eagle held up Sage's necklace for protection. The boulder rolled away and fell down the cliff, breaking into a thousand pieces at the bottom. Once again Young Eagle was safe.

Young Eagle estaba determinado. Continuó y halló un arroyito donde pudo beber agua fresca y llenar su guaje. Al día siguiente se topó con un cañón de cobre tan hondo que no podía ver el fondo.

—*Me tardaré meses para cruzar*—pensó Young Eagle. Sin desconsolarse, empezó a bajar.

De buenas a primeras un peñasco con ojos malos y dientes puntiagudos se le vino encima a Young Eagle. —¡Te aplastaré!—le gritó el peñasco grandote.

Young Eagle le mostró el collar de Sage como protección. El peñasco se cayó rodando por el precipicio, haciéndose mil pedazos al estallar en el fondo. Una vez más Young Eagle sobrevivió.

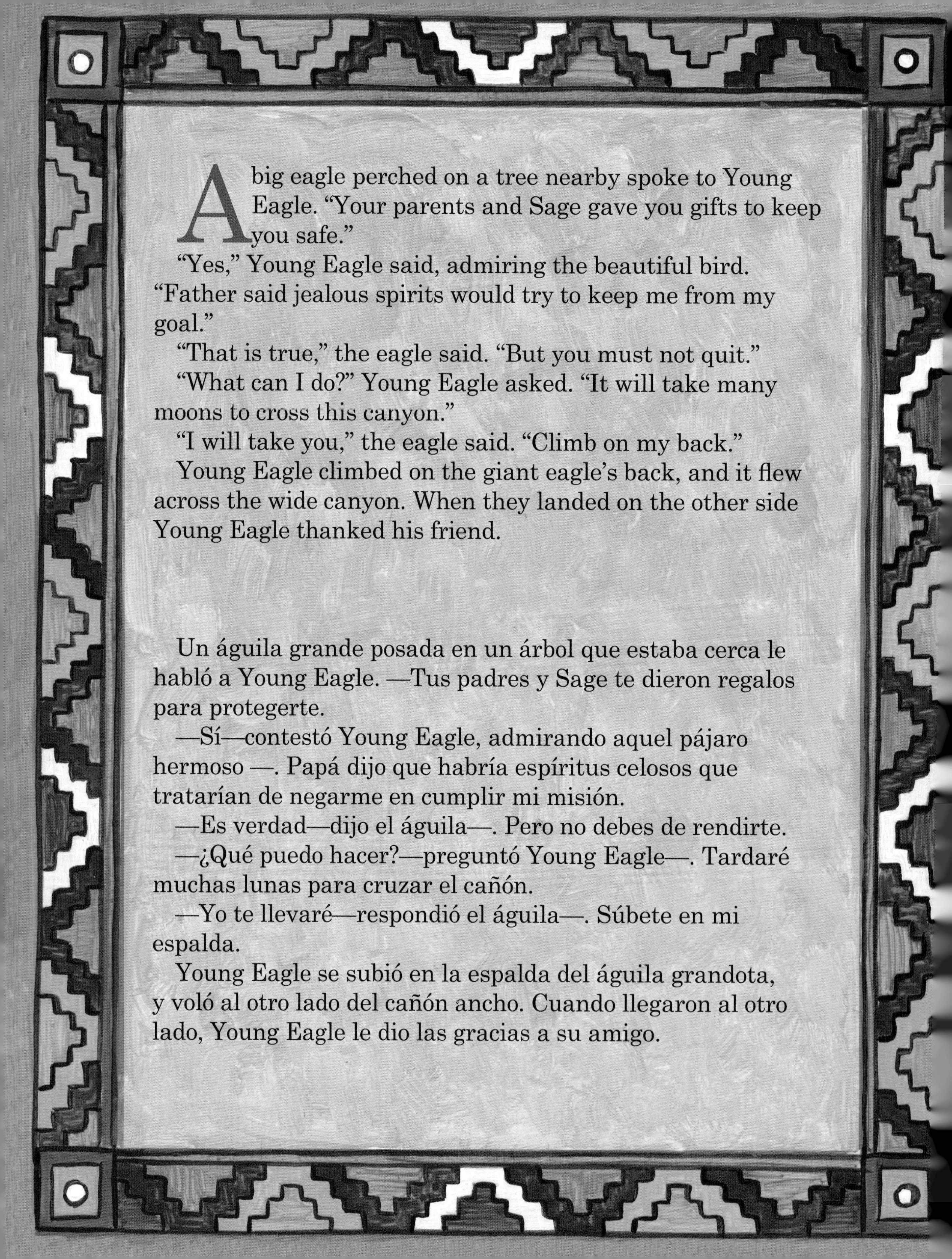

A big eagle perched on a tree nearby spoke to Young Eagle. “Your parents and Sage gave you gifts to keep you safe.”

“Yes,” Young Eagle said, admiring the beautiful bird. “Father said jealous spirits would try to keep me from my goal.”

“That is true,” the eagle said. “But you must not quit.”

“What can I do?” Young Eagle asked. “It will take many moons to cross this canyon.”

“I will take you,” the eagle said. “Climb on my back.”

Young Eagle climbed on the giant eagle’s back, and it flew across the wide canyon. When they landed on the other side Young Eagle thanked his friend.

Un águila grande posada en un árbol que estaba cerca le habló a Young Eagle. —Tus padres y Sage te dieron regalos para protegerte.

—Sí—contestó Young Eagle, admirando aquel pájaro hermoso —. Papá dijo que habría espíritus celosos que tratarían de negarme en cumplir mi misión.

—Es verdad—dijo el águila—. Pero no debes de rendirte.

—¿Qué puedo hacer?—preguntó Young Eagle—. Tardaré muchas lunas para cruzar el cañón.

—Yo te llevaré—respondió el águila—. Súbete en mi espalda.

Young Eagle se subió en la espalda del águila grandota, y voló al otro lado del cañón ancho. Cuando llegaron al otro lado, Young Eagle le dio las gracias a su amigo.

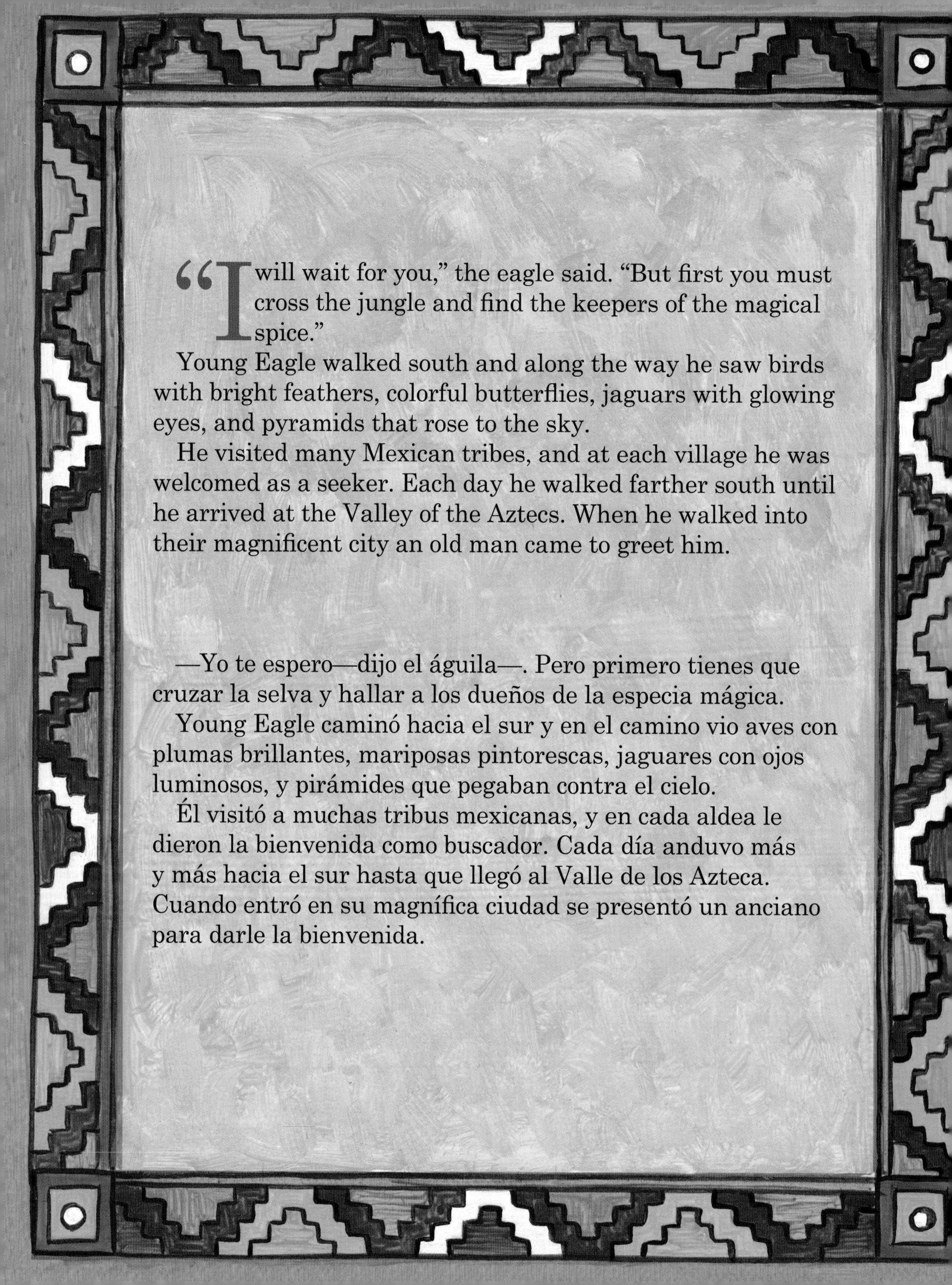

"I will wait for you," the eagle said. "But first you must cross the jungle and find the keepers of the magical spice."

Young Eagle walked south and along the way he saw birds with bright feathers, colorful butterflies, jaguars with glowing eyes, and pyramids that rose to the sky.

He visited many Mexican tribes, and at each village he was welcomed as a seeker. Each day he walked farther south until he arrived at the Valley of the Aztecs. When he walked into their magnificent city an old man came to greet him.

—Yo te espero—dijo el águila—. Pero primero tienes que cruzar la selva y hallar a los dueños de la especia mágica.

Young Eagle caminó hacia el sur y en el camino vio aves con plumas brillantes, mariposas pintorescas, jaguares con ojos luminosos, y pirámides que pegaban contra el cielo.

Él visitó a muchas tribus mexicanas, y en cada aldea le dieron la bienvenida como buscador. Cada día anduvo más y más hacia el sur hasta que llegó al Valle de los Azteca. Cuando entró en su magnífica ciudad se presentó un anciano para darle la bienvenida.

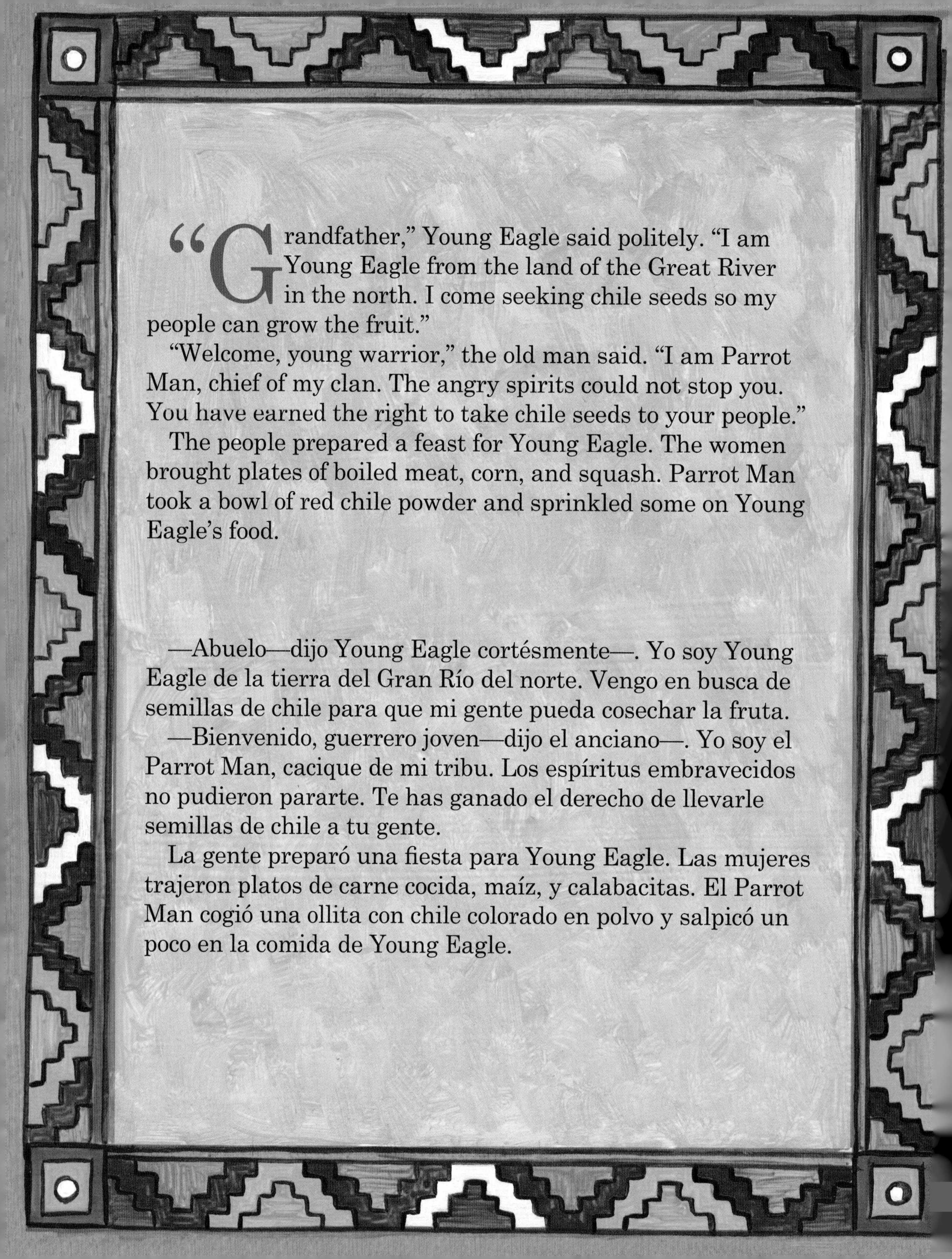

"Grandfather," Young Eagle said politely. "I am Young Eagle from the land of the Great River in the north. I come seeking chile seeds so my people can grow the fruit."

"Welcome, young warrior," the old man said. "I am Parrot Man, chief of my clan. The angry spirits could not stop you. You have earned the right to take chile seeds to your people."

The people prepared a feast for Young Eagle. The women brought plates of boiled meat, corn, and squash. Parrot Man took a bowl of red chile powder and sprinkled some on Young Eagle's food.

—Abuelo—dijo Young Eagle cortésmente—. Yo soy Young Eagle de la tierra del Gran Río del norte. Vengo en busca de semillas de chile para que mi gente pueda cosechar la fruta.

—Bienvenido, guerrero joven—dijo el anciano—. Yo soy el Parrot Man, cacique de mi tribu. Los espíritus embravecidos no pudieron pararte. Te has ganado el derecho de llevarle semillas de chile a tu gente.

La gente preparó una fiesta para Young Eagle. Las mujeres trajeron platos de carne cocida, maíz, y calabacitas. El Parrot Man cogió una ollita con chile colorado en polvo y salpicó un poco en la comida de Young Eagle.

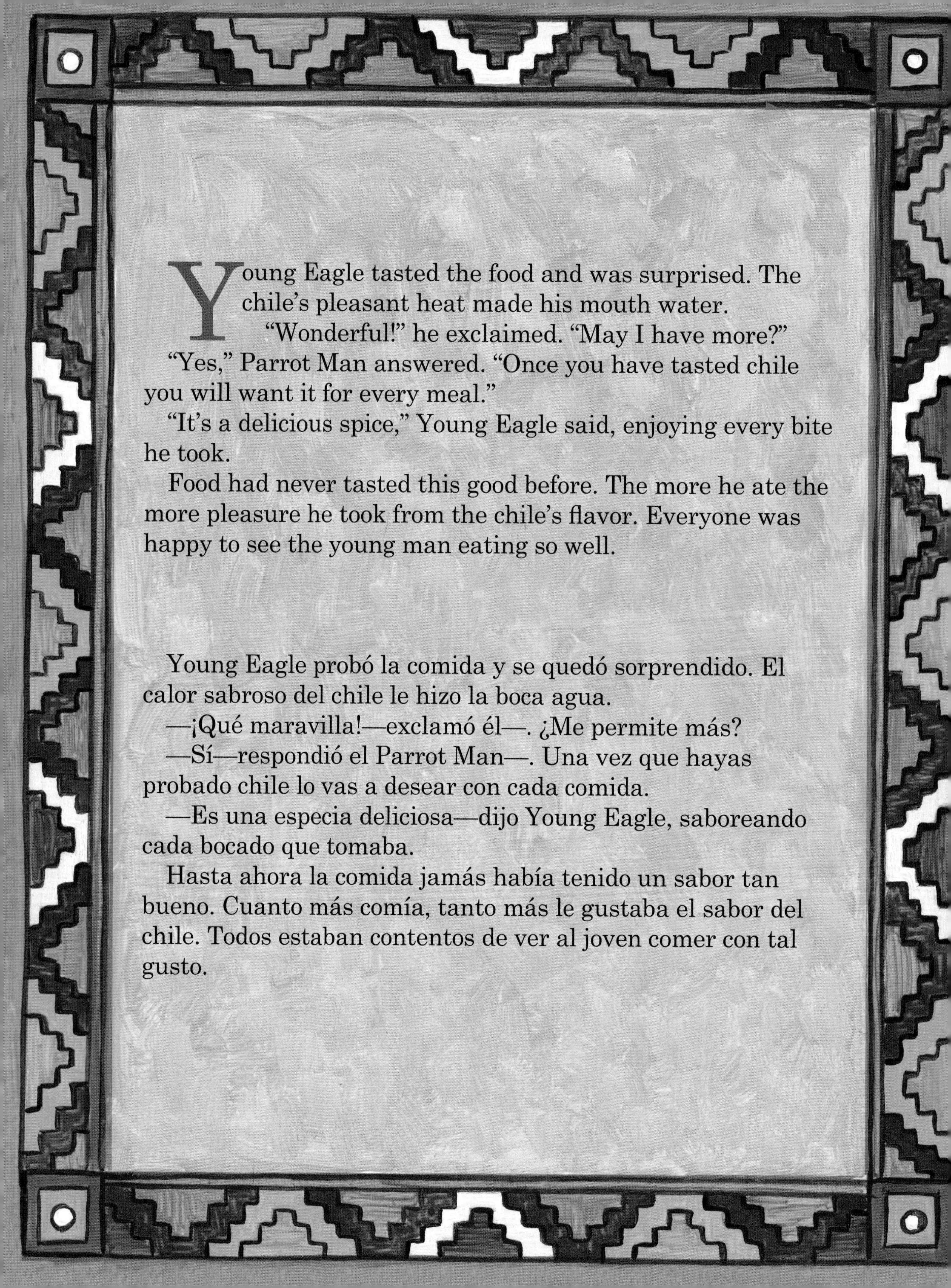

Young Eagle tasted the food and was surprised. The chile's pleasant heat made his mouth water.

"Wonderful!" he exclaimed. "May I have more?"

"Yes," Parrot Man answered. "Once you have tasted chile you will want it for every meal."

"It's a delicious spice," Young Eagle said, enjoying every bite he took.

Food had never tasted this good before. The more he ate the more pleasure he took from the chile's flavor. Everyone was happy to see the young man eating so well.

Young Eagle probó la comida y se quedó sorprendido. El calor sabroso del chile le hizo la boca agua.

—¡Qué maravilla!—exclamó él—. ¿Me permite más?

—Sí—respondió el Parrot Man—. Una vez que hayas probado chile lo vas a desear con cada comida.

—Es una especia deliciosa—dijo Young Eagle, saboreando cada bocado que tomaba.

Hasta ahora la comida jamás había tenido un sabor tan bueno. Cuanto más comía, tanto más le gustaba el sabor del chile. Todos estaban contentos de ver al joven comer con tal gusto.

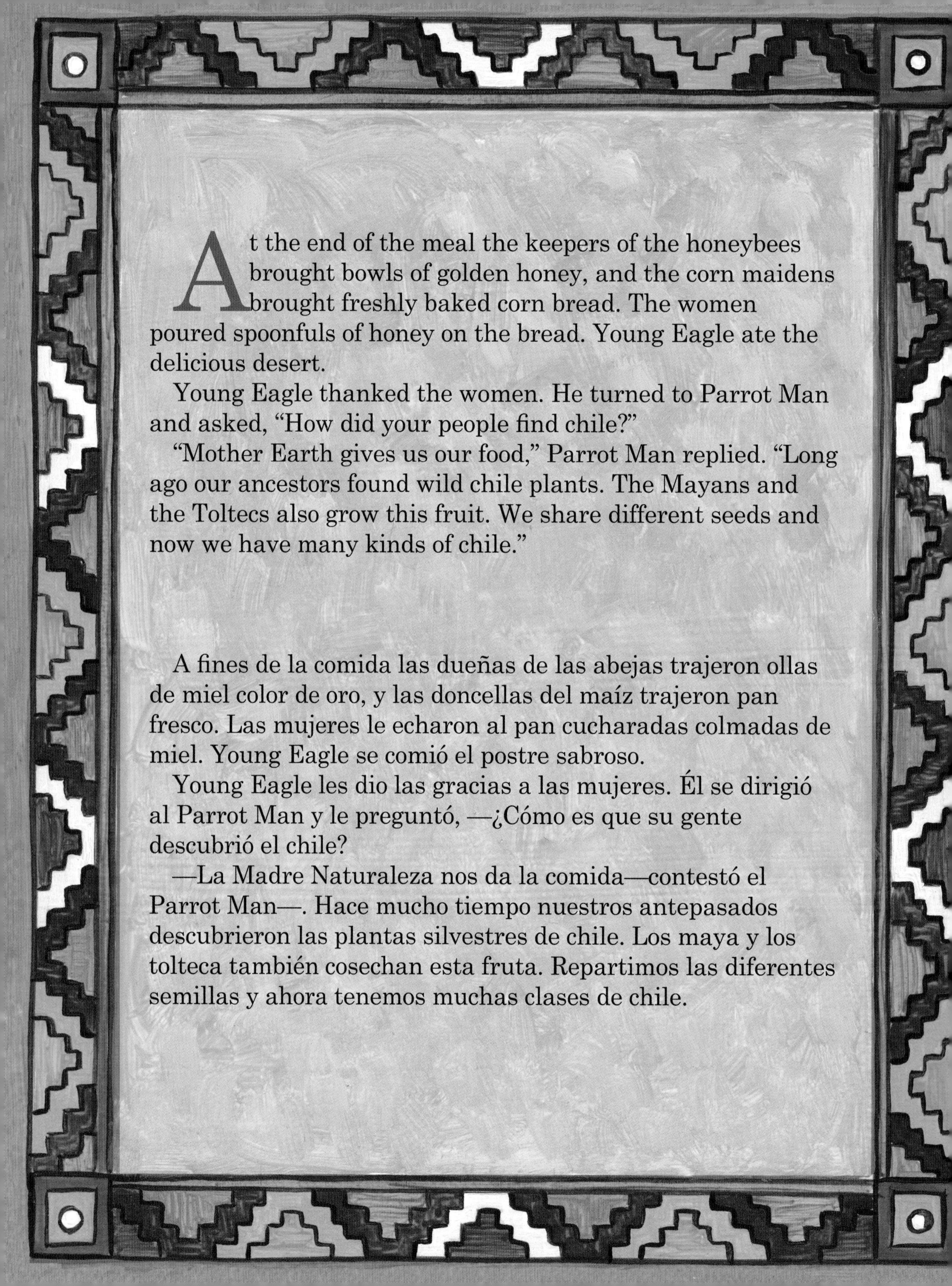

At the end of the meal the keepers of the honeybees brought bowls of golden honey, and the corn maidens brought freshly baked corn bread. The women poured spoonfuls of honey on the bread. Young Eagle ate the delicious desert.

Young Eagle thanked the women. He turned to Parrot Man and asked, "How did your people find chile?"

"Mother Earth gives us our food," Parrot Man replied. "Long ago our ancestors found wild chile plants. The Mayans and the Toltecs also grow this fruit. We share different seeds and now we have many kinds of chile."

A fines de la comida las dueñas de las abejas trajeron ollas de miel color de oro, y las doncellas del maíz trajeron pan fresco. Las mujeres le echaron al pan cucharadas colmadas de miel. Young Eagle se comió el postre sabroso.

Young Eagle les dio las gracias a las mujeres. Él se dirigió al Parrot Man y le preguntó, —¿Cómo es que su gente descubrió el chile?

—La Madre Naturaleza nos da la comida—contestó el Parrot Man—. Hace mucho tiempo nuestros antepasados descubrieron las plantas silvestres de chile. Los maya y los tolteca también cosechan esta fruta. Repartimos las diferentes semillas y ahora tenemos muchas clases de chile.

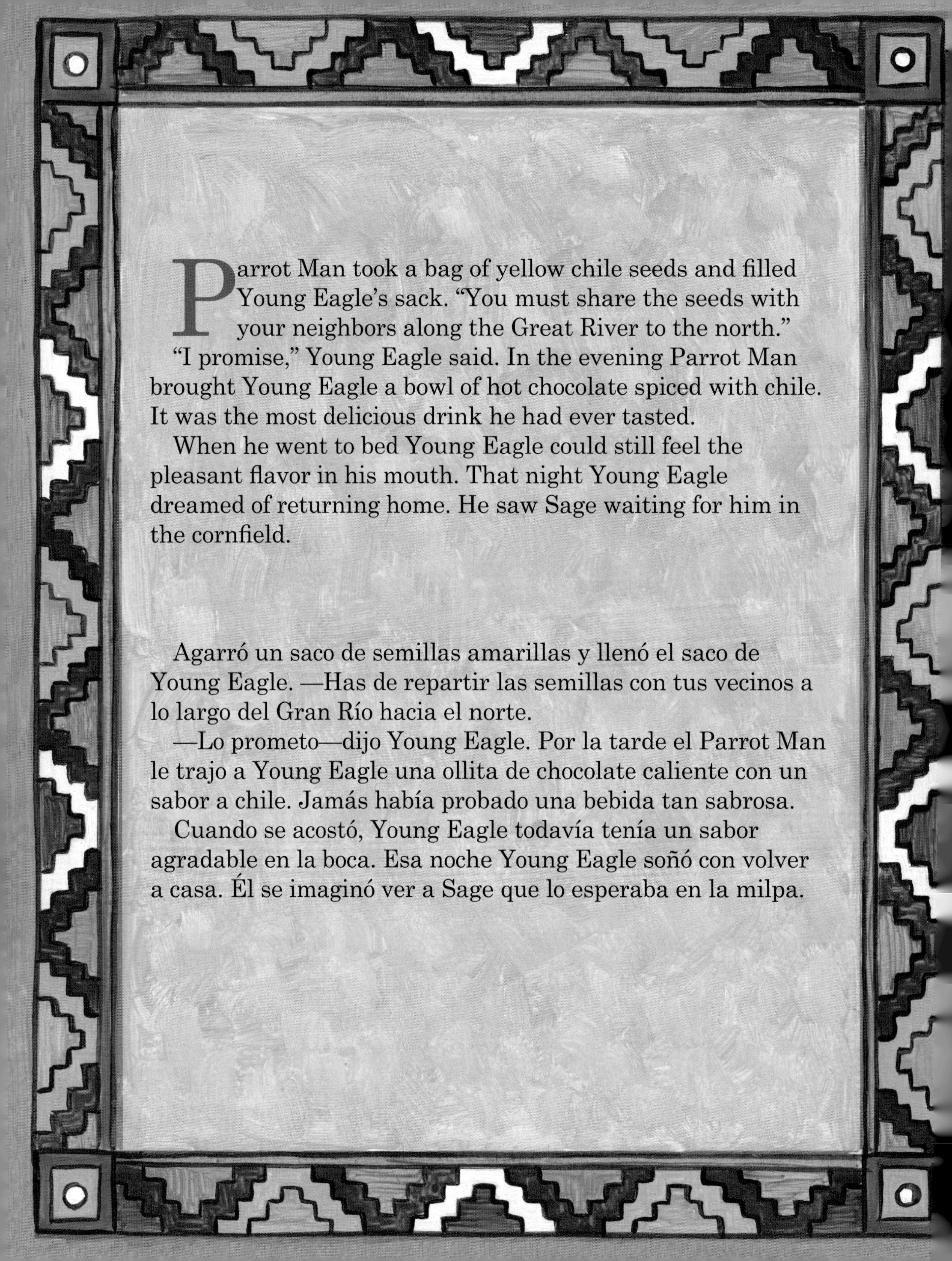

Parrot Man took a bag of yellow chile seeds and filled Young Eagle's sack. "You must share the seeds with your neighbors along the Great River to the north."

"I promise," Young Eagle said. In the evening Parrot Man brought Young Eagle a bowl of hot chocolate spiced with chile. It was the most delicious drink he had ever tasted.

When he went to bed Young Eagle could still feel the pleasant flavor in his mouth. That night Young Eagle dreamed of returning home. He saw Sage waiting for him in the cornfield.

Agarró un saco de semillas amarillas y llenó el saco de Young Eagle. —Has de repartir las semillas con tus vecinos a lo largo del Gran Río hacia el norte.

—Lo prometo—dijo Young Eagle. Por la tarde el Parrot Man le trajo a Young Eagle una ollita de chocolate caliente con un sabor a chile. Jamás había probado una bebida tan sabrosa.

Cuando se acostó, Young Eagle todavía tenía un sabor agradable en la boca. Esa noche Young Eagle soñó con volver a casa. Él se imaginó ver a Sage que lo esperaba en la milpa.

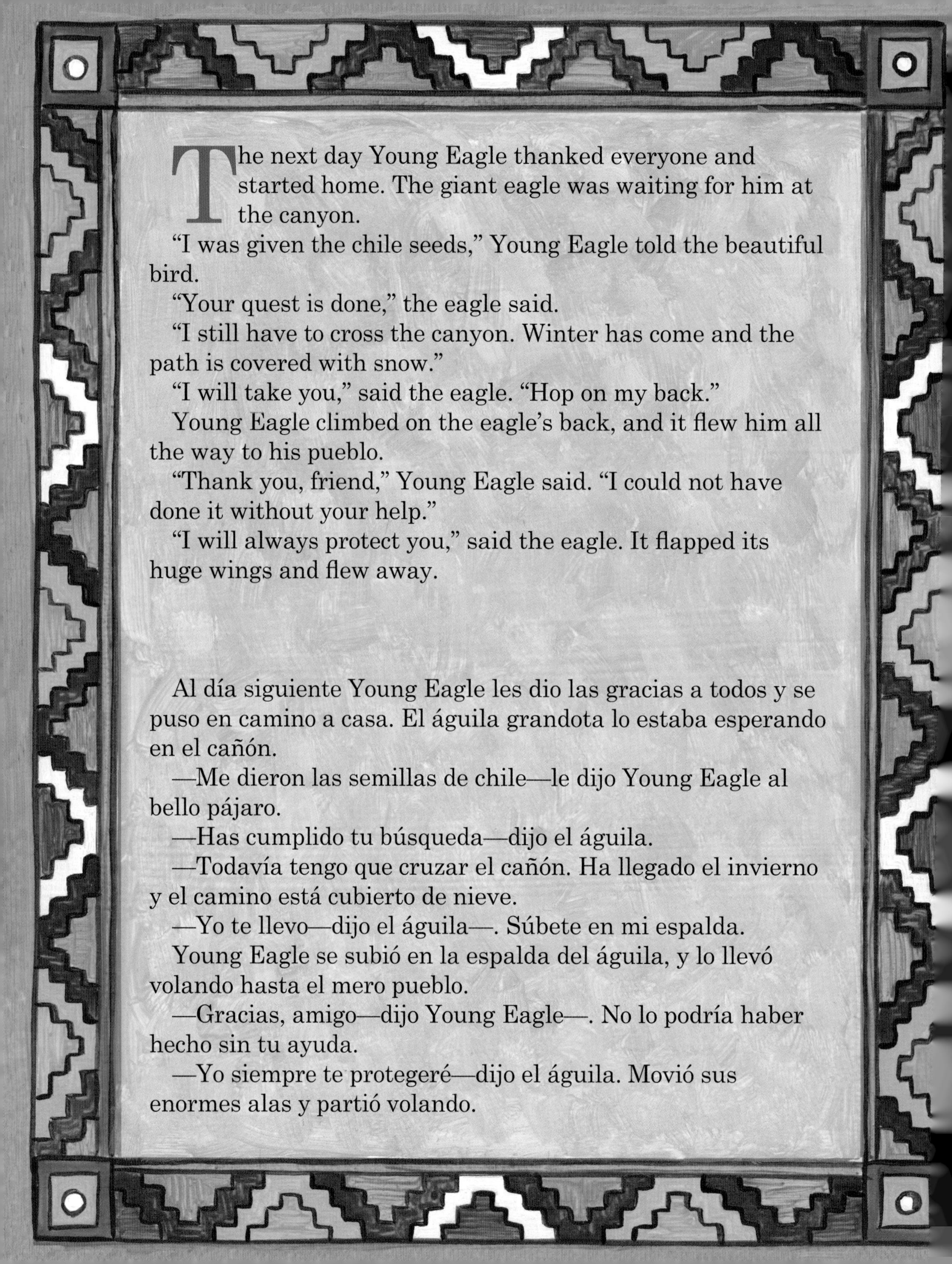

The next day Young Eagle thanked everyone and started home. The giant eagle was waiting for him at the canyon.

"I was given the chile seeds," Young Eagle told the beautiful bird.

"Your quest is done," the eagle said.

"I still have to cross the canyon. Winter has come and the path is covered with snow."

"I will take you," said the eagle. "Hop on my back."

Young Eagle climbed on the eagle's back, and it flew him all the way to his pueblo.

"Thank you, friend," Young Eagle said. "I could not have done it without your help."

"I will always protect you," said the eagle. It flapped its huge wings and flew away.

Al día siguiente Young Eagle les dio las gracias a todos y se puso en camino a casa. El águila grandota lo estaba esperando en el cañón.

—Me dieron las semillas de chile—le dijo Young Eagle al bello pájaro.

—Has cumplido tu búsqueda—dijo el águila.

—Todavía tengo que cruzar el cañón. Ha llegado el invierno y el camino está cubierto de nieve.

—Yo te llevo—dijo el águila—. Súbete en mi espalda.

Young Eagle se subió en la espalda del águila, y lo llevó volando hasta el mero pueblo.

—Gracias, amigo—dijo Young Eagle—. No lo podría haber hecho sin tu ayuda.

—Yo siempre te protegeré—dijo el águila. Movió sus enormes alas y partió volando.

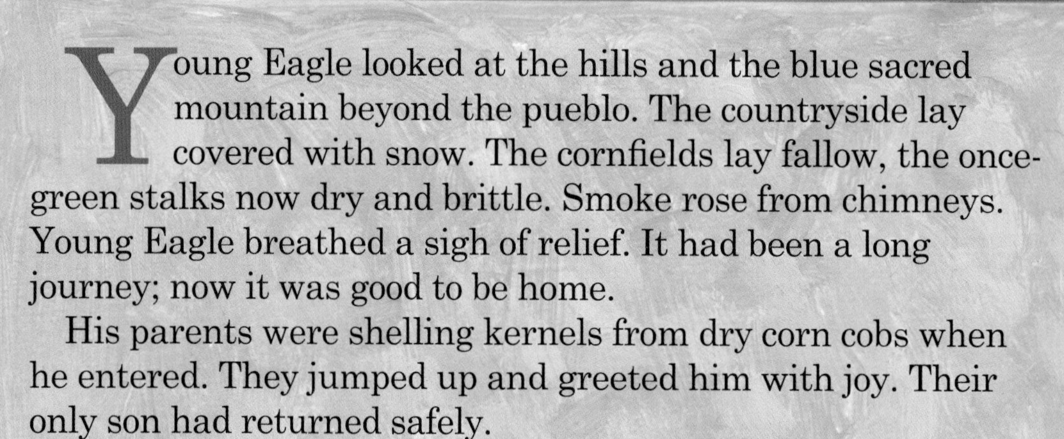

Young Eagle looked at the hills and the blue sacred mountain beyond the pueblo. The countryside lay covered with snow. The cornfields lay fallow, the once-green stalks now dry and brittle. Smoke rose from chimneys. Young Eagle breathed a sigh of relief. It had been a long journey; now it was good to be home.

His parents were shelling kernels from dry corn cobs when he entered. They jumped up and greeted him with joy. Their only son had returned safely.

"Did you get the chile seeds?" his father asked.

Young Eagle showed him the bag full of seeds. "We are proud of you," his parents said. Their son had accomplished a feat never done before.

"I want to see Sage and take the seeds to her father," Young Eagle said.

Young Eagle echó una mirada a las lomas y a la sagrada montaña azul más allá del pueblo. El paisaje estaba cubierto de nieve. Las milpas estaban en barbecho, y las cañas verdes de anteayer hoy se veían secas y delicadas. El humo se escapaba por las chimeneas. Young Eagle dio un suspiro de alivio. Había sido un viaje largo; ahora daba gusto estar de vuelta en casa.

Sus padres estaban desgranando maíz cuando él entró. Se levantaron de un salto y lo saludaron radiantes de alegría. Su único hijo había vuelto sano y salvo.

—¿Trujites las semillas de chile?—preguntó su padre.

Young Eagle le enseñó el saco lleno de semillas. —Estamos muy orgulloso de ti—dijeron sus padres. Su hijo había cumplido una gran hazaña que jamás se había llevado a cabo antes.

—Quiero ver a Sage y llevarle las semillas a su padre—dijo Young Eagle.

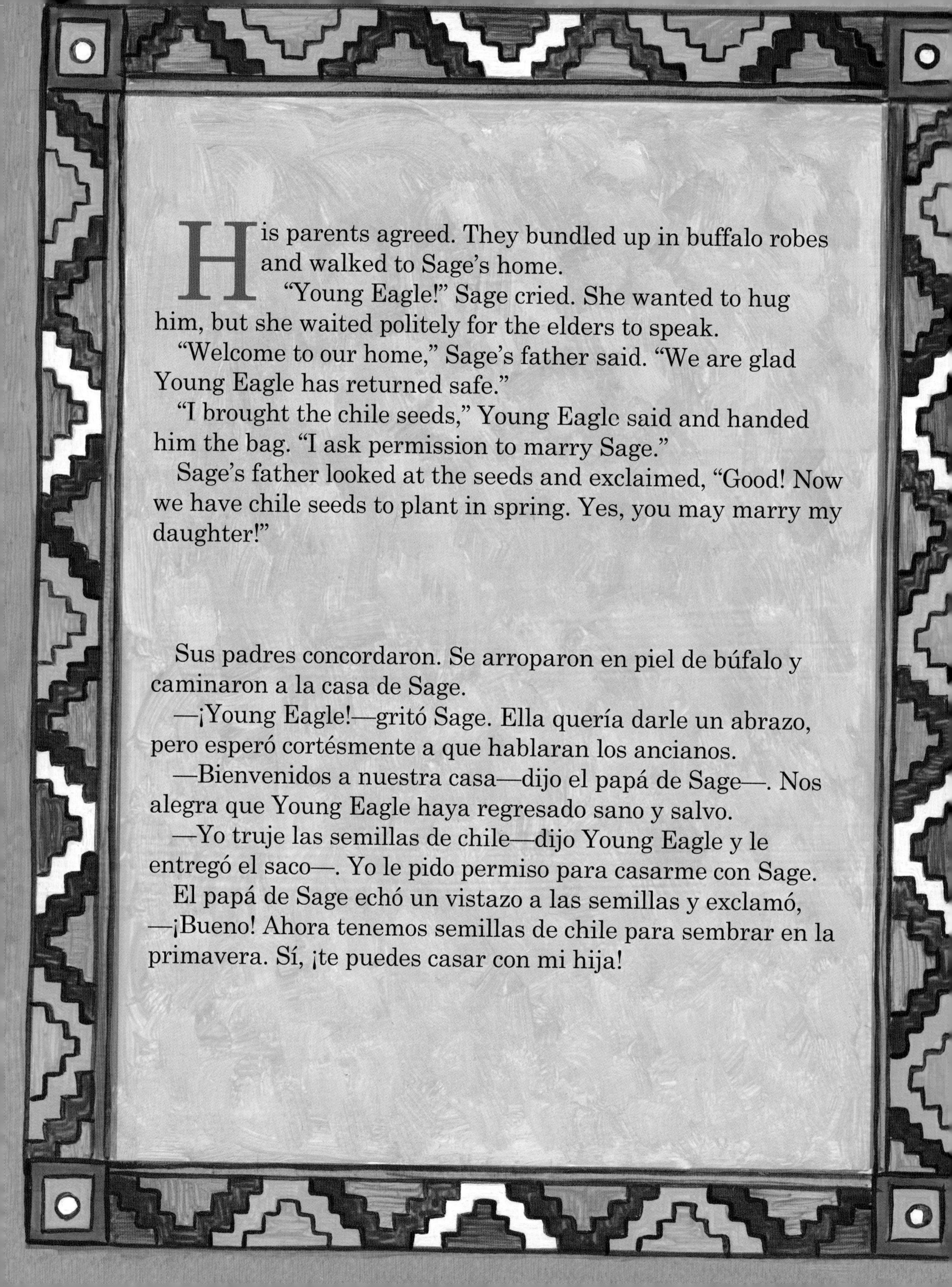

His parents agreed. They bundled up in buffalo robes and walked to Sage's home.

"Young Eagle!" Sage cried. She wanted to hug him, but she waited politely for the elders to speak.

"Welcome to our home," Sage's father said. "We are glad Young Eagle has returned safe."

"I brought the chile seeds," Young Eagle said and handed him the bag. "I ask permission to marry Sage."

Sage's father looked at the seeds and exclaimed, "Good! Now we have chile seeds to plant in spring. Yes, you may marry my daughter!"

Sus padres concordaron. Se arroparon en piel de búfalo y caminaron a la casa de Sage.

—¡Young Eagle!—gritó Sage. Ella quería darle un abrazo, pero esperó cortésmente a que hablaran los ancianos.

—Bienvenidos a nuestra casa—dijo el papá de Sage—. Nos alegra que Young Eagle haya regresado sano y salvo.

—Yo truje las semillas de chile—dijo Young Eagle y le entregó el saco—. Yo le pido permiso para casarme con Sage.

El papá de Sage echó un vistazo a las semillas y exclamó, —¡Bueno! Ahora tenemos semillas de chile para sembrar en la primavera. Sí, ¡te puedes casar con mi hija!

Young Eagle took Sage's hand, and they sat by the fireplace. Sage's mother served roasted dry corn and herbal tea. All listened intently as Young Eagle told them of his adventures.

That's how some of the first chile seeds came to the Land of the Pueblos, the land of New Mexico.

The chile seeds were stored in a special place. When spring arrived the seeds were planted in the warm earth. By July chile pods appeared on the plants. The green chile was cooked with meat, squash, and corn. The entire pueblo rejoiced. Chile made the food tasty and appetizing.

In September the chile pods turned red. The people tied dozens of pods on strings and hung them in the sunshine to dry. That winter the dry chile was used to flavor stews of corn and meat.

Young Eagle cogió la mano de Sage, y se sentaron cerca de la chimenea. La mamá de Sage sirvió granos de maíz asado y té herbario. Todos escucharon atentamente mientras Young Eagle les contó de sus aventuras.

Así es cómo llegaron las primeras semillas de chile a la Tierra de los Pueblos, la tierra de Nuevo México.

Guardaron las semillas en un lugar especial. Cuando llegó la primavera sembraron las semillas en la tierra calentita. Para julio se vieron chiles en las plantas. El chile verde se cocinaba con carne, calabacitas, y maíz. Todo el pueblo se puso alegre. El chile le daba un sabor sabroso y apetitoso a la comida.

En septiembre el chile se volvió colorado. La gente amarraba docenas de chiles en ristras y las colgaban a que les diera el sol para que se secaran. Ese invierno el chile seco se usó para darle sabor a los guisados de maíz y de carne.

In 1598 when the Spanish-speaking people arrived to settle in New Mexico, they found chile growing in Pueblo farms. The new colonists had already used chile peppers from different parts of the world, but New Mexico chile had a unique flavor they learned to love. Red or green, chile became a staple food in all the kitchens of New Mexico.

Today, every region of the state proudly claims it raises the hottest chile with the most flavor. Farmers still save the current season's seeds to plant the following spring. Some of the seeds trace their origin to the seeds Young Eagle brought home.

En mil quinientos noventa y ocho cuando la gente de habla española llegó para establecerse en Nuevo México, descubrieron que se cosechaba chile en los pueblos. Los nuevos colonizadores ya habían probado chile de diferentes partes del mundo, pero el chile de Nuevo México tenía un sabor único que ellos supieron apreciar. Ya fuera chile colorado o chile verde, el chile llegó a ser un alimento básico en todas las cocinas de Nuevo México.

Hoy día, toda región del estado se jacta en cosechar el chile más quemoso y más sabroso que hay. Los agricultores todavía guardan las semillas de la temporada actual para sembrar en la próxima primavera. Algunas de las semillas remontan a las semillas que trajo Young Eagle.

Young Eagle and Sage were married, and they had many healthy children. To this day, the story of Young Eagle's quest is still told during storytelling time.

Young Eagle y Sage se casaron y tuvieron muchos niños sanos. Hasta hoy día, la historia de la búsqueda de Young Eagle se celebra durante la hora de contar historias.

GLOSSARY New Mexican Spanish	GLOSARIO Standard Usage	TRANSLATION Colloquial/Formal
calabacitas	calabazas	zucchini; pumpkins
carrera	hilera	row (of corn)
grandota(e)	gigante	giant
guaje	calabaza	gourd; pumpkin
milpa	maizal	cornfield
olla	tazón	bowl; large cup
ollita	taza	small bowl; cup
quemoso	picante	hot, spicy (chile)
regado demás	inundado	flooded
repartir	compartir	to share
soplo de humo	bocanada de humo	puff of smoke
ténganos	tengamos	(for us) to have
truje	traje	I brought
trujites	trujiste	you brought
zoquete	barro, lodo	mud
zoquetoso	barroso; lodoso	muddy

Dedication

This book is dedicated to our ancestors who have kept New Mexican chile culture alive over the centuries. And to all *las cocineras*/cooks who prepare the most delicious chile dishes in the world. Red or green.

— Rudolfo Anaya

© 2014 Story by Rudolfo Anaya
© 2014 Illustrations by Nicolás Otero
© 2014 Translation by Nasario García
All rights reserved.

Rio Grande Books, an imprint of LPD Press
Los Ranchos, New Mexico
www.RioGrandeBooks.com

Printed in the U.S.A.
Book design by Paul Rhetts

No part of this book may be reproduced or transmitted in any form, or by any means, electronic or mechanical, including photocopying, recording, or by any information retrieval system, without the permission of the publisher.

Library of Congress Cataloging-in-Publication Data

Anaya, Rudolfo A.
How chile came to New Mexico / Rudolfo Anaya ; illustrations by Nicolás Otero ; translation by Nasario García.
pages cm
Summary: In order to marry Sage, the girl he loves, Young Eagle must leave his home in New Mexico and undertake a long and perilous journey to the land of the Aztecs to bring back chile seeds for Sage's father. Includes glossary of Spanish terms.
ISBN 978-1-936744-20-6 (hardcover : alk. paper)
[1. Voyages and travels--Fiction. 2. Spirits--Fiction. 3. Peppers--Fiction. 4. Pueblo Indians--Fiction. 5. Indians of North America--New Mexico--Fiction. 6. Aztecs--Fiction. 7. Indians of Mexico--Fiction. 8. Spanish language materials--Bilingual.]
I. Otero, Nicolás, 1981- illustrator. II. García, Nasario. III. Title.
PZ73.A49592 2014
[E]--dc23
2013042431

Manufactured by Thomson-Shore, Dexter, MI (USA); RMA60HS25, April, 2015

Other Books from Rio Grande Books

Age 4 and up

How Hollyhocks Came to New Mexico by Rudolfo Anaya
ISBN 978-1-936744-12-1/hb — bilingual

The Tale of the Pronghorned Cantaloupe by Sabra Brown Steinsiek
ISBN 978-1-890689-85-8/pb; 978-1-936744-11-4/hb — bilingual

Los Chilitos by Viola Peña
ISBN 978-1-890689-68-1/pb; 978-1-936744-22-0/hb — bilingual

Age 5 and up

Grandma Lale's Tamales: A Christmas Story by Nasario García
ISBN 978-1-936744-26-8/hb — bilingual

Age 6 and up

Shoes for the Santo Niño by Peggy Pond Church
ISBN 978-1-890689-64-3/pb; 978-1-936744-23-7/hb — bilingual

Age 7 and up

The Talking Lizards: New Mexico's Magic & Mystery by Nasario García
ISBN 978-1-936744-36-7/pb — bilingual

Age 9 and up

Grandpa Lolo and Trampa by Nasario García
ISBN 978-1-936744-30-5/pb — bilingual

A New Mexico Cuento for Grown-ups

Three Dog Night by Cheryl Montoya
ISBN 978-1-890689-46-9 $14.99/pb